LES ORACLES DE LA VERTV,

Vtiles à toutes sortes de personnes.

M. DC. LXIX.

Avec Permission.

LES ORACLES
DE LA VERTV :

vtiles à toutes sortes de personnes.

Aut-il que tant de gens courent aux
    precipices,
Et suiuent un torrent qui les meine
    aux enfers,
A la liberté même ils preferent les fers
Et fuyent les vertus pour s'atacher aux vices,
Mille rayons trompeurs ébloüyssent les yeux
De ceux qui ne sçauroient les leuer jusqu'aux Cieux,
Les tenant seulement arrestez sur la terre,
Quoy que par tout la mort porte son bras vainqueur
Et qu'on soit menassé de l'éclat du tonnerre,
Ny le bruit ny le coup ne touche point le cœur.

POVR LES PRINCES.

PRinces Ambitieux dont l'ame imperieuse,
Se flate vainement que ce grand Vniuers,
Auec son estanduë & ses tresors diuers :
N'a pas dequoy remplir vostre humeur glorieuse,
Au milieu des Palais plains de pompe & d'apas,
Couronnez de l'auriers vous sentez le trépas,
Témoins tous vos Cesars & tous vos Alexandres.
Vous n'aurez pas un sort ny plus doux ny plus beau,
Vous serez quelque iour côme eux reduis en cendres
Et descendrez du Trosne en la nuit du Tombeau,

POVR LES IVGES.

PVissants dispensateurs de Loix de la Iustice,
Dãs vôtre emploi sublime il faut aller biĕ droit
Et pour connoistre au vray le tort & le bon droit,
L'Estude est necessaire autant que l'exercice;
Themis doit gouuerner vostre bouche & vos mains,
Elle vous à choisis pour la paix des humains,
Pour condamner le vice & loüer l'innocence,
I'admire vos grandeurs, mais je crains vostre sort,
Car si vous ne tenez bien juste la Balence,
Tous vos Arests pour vous, sont des Arests de mort.

POVR

POVR LES AMANS.

AMans paſsionez, Eſclaues volontaires,
D'une fiere beauté qui vous rauit le cœur,
Dont l'heumeur incõſtãte & l'œil toûjours vainqueur
Fait vos felicitez, ou cauſe vos miſeres,
Apres auoir bruſlé tous vifs à petit feu,
Pour ſes charmes diuers, ſoit long-temps ou bien peu,
Quel eſt l'euenement de vos flames mortelles,
La vielleſſe ennemie empeſche vos plaiſirs ;
Elle ternit enfin tout l'eſclat de vos belles,
Et la haine ou la glace eſtouffe vos deſirs.

POVR LES VINDICATIFS.

ARdans vindicatifs dont l'injuſte vengeance,
Ne reſpire que fer, que feu & que poiſon,
Voſtre eſprit eſt flaté d'une vaine raiſon,
Qui n'a pas le peuuoir de ſouffrir une offence,
Le trouble & la fureur qui vous tiennent ſoûmis,
Vous font craindre & chercher vos cruels ennemis,
Autheurs de voſtre perte & de vos maux extrémes,
Mais pour en triompher vous venez des derniers,
Vous vous embaraſſez dedans vos pieges meſmes
Ou bien ſouuent le Ciel vous punit les premiers.

POVR LES AVARES.

Avares malheureux amateurs des richesses,
Vous ne vous lassez point d'amasser de l'argēt
Et pour en acquerir d'un soin plus diligent,
Vous faites mille maux ou bien mille bassesses,
Vos coffres sont remplis d'une montagne d'or,
Voftre cœur & voftre œil gardent ce grand trefor,
La peur d'eftre volez, vous donne cent allarmes,
Vos parens, vos amis diſsiperont ce bien,
En vain en le perdant vous répandez des larmes,
Le plus riche en mourant ne peut emporter rien.

POVR LES GOVRMANS.

Gourmans voluptueux, Difciples d'Epicure,
Le feul dieu du feftin reçoit tous vos encens,
Et par de bons morceaux obfcurciſsant vos fens,
Vous tenez dans le corps voftre ame à la torture,
Vn Vin delicieux un excellent ragouft,
Contente voftre humeur & flatte voftre gouft,
Mais voftre auidité n'eft jamais aſsouuie,
Le nombre des repas fomptueux & diuers,
Par un excez fatal, abregeant voftre vie,
Vous rend plus promptement la pâture des vers.

POVR LES ORGVEILLEVX.

SVperbes Orgueilleux tous rēplis de vous mesmes
Qui semblez, regarder le Ciel de haut en bas,
Fouler indignement les fleurs dessous vos pas,
Et dedaigner l'éclat des sacrés Diadesmes,
Vostre orgueil insolent médit de vos riuaux,
Meprise vos seigneurs & rit de vos égaux,
Sans craindre justement ny l'éclair ny la foudre,
Ah ! songe vain mortel dans ton cœur endurcy,
Que malgré tes grãdeurs tu n'es qu'un peu de poudre
Et tu seras bien-tost reduit en poudre aussy

POVR LES PARESSEVX.

PAresseux, feneants, inutiles statuës,
Sans merite, sans prix, comme sans agrément
Dont les foibles beautez estant sans mouuement,
Des qu'elles ont paru deuoient estre abbatuës,
Ennemis du trauail, des belles actions,
De l'Estude, de l'Art, des occupations,
Qu'on rencontre tousiours au lit ou bien à table,
Triomphez, desormais de cette oysiueté,
De crainte qu'en perdant un temps considerable,
Vous ne perdiez encor toute l'Eternité.

POVR LES ENVIEVX.

INquiets enuieux jaloux de tout le monde,
Des Sceptres, des Palais, des esprits, des beautez,
Sans cesse vous tournez les yeux de tous costez,
Par une auidité qui n'a point de seconde,
De vos meilleurs amis vous enuiez le sort,
La fortune & vos vœux ne sont iamais d'accord,
Un chagrin eternel consume vostre vie,
Vous viuez sans repos, comme sans amitié,
De mesmes qu'à chacun vous portez de l'enuie,
Vous estes à chacun des obiets de pitié.

POVR LES MEDISANS.

MEdisans dãgereux dont les langues mordãtes
Sẽblent à ces coûteaux qui sõt à deux trãchãs
Vous dechirés les bons ainsi que les méchans.
En vomissant contre eux des paroles choquantes,
Aujourd'huy d'une Dame & demain d'un Seigneur
Vous offensés la vie & rauissés l'honneur,
Des parens, des amis, vous osez bien medire,
Iettés les yeux sur vous & songés tout de bon,
Que vous y trouuerés plus de choses à dire,
Qu'en tous ceux dont vos traits déchirent le renom.

POVR

POVR LES FOVRBES.

Fourbes ou bien flateurs dont la voix & la mine,
Deguise inceſſamment les penſers de vos cœurs,
Ainſi que le ſerpent ſe cache ſous les fleurs,
On ſent ſous vos douceurs un poiſon qui ruïne,
Plus vos traits ſont cachés, plus ils ſont dangereux,
Ie puis les comparer juſtement à ces feux,
Dont la cendre cruelle enſeuelit les flâmes,
Mais fuſſiés vous encore mille fois plus couuerts,
Dieu penetre aiſement dans le fons de vos ames,
Et vos traits plus cachés luy ſont tous découuerts.

POVR LES IVREVRS.

Deteſtables jureurs, Blaſphemateurs friuoles,
Ie croy que vous croyés que vos triſtes ſermens,
Sont de tous vos diſcours les embeliſſemens,
Et font donner creance à vos moindres paroles,
Dites-moy, quel profit, quel honneur, & quel bien,
On reçoit à jurer dans le moindre entretien ;
Contre vous, contre Dieu, qui vous a donné l'eſtre,
Iurés donc deſormais de ne le plus jurer,
Et cheriſſés le nom de voſtre unique Maiſtre,
Que tout Chrêtien doit craindre & qu'il doit adorer.

C

POVR LES IOVEVRS.

IMpatiens Joüeurs qui passés les journées,
Et quelquefois les nuits à joüer mille jeux,
Aux cartes côme aux deZ pour faire un gain hureux
Que vous font esperer vos bonnes destinées ;
Alors que vous perdés ! cent transports vehemens,
La haine & le dépit se joignant aux sermens,
Font voir sur vostre teint mille metamorphoses,
Quittés donc aujourd'huy ces ieux injurieux,
Appliqués vostre esprit à de meilleures choses,
Et songés à gagner le Royaume des Cieux.

POVR LES VOLEVRS.

PEtits & grands Filoux, Voleurs impitoyables,
Habitans des Forests des Antres & des Bois,
Dont la mine, le pas, le regard & la voix,
Semblent nous presager vos desseins execrables,
Tantost dans les Cités, tantost aux grands chemins,
Au riche, à l'indigent, vous faites des larcins,
Et vous ioignez souuent le meurtre à l'iniustice,
Lors que vous estes pris, vous estes sans appuy,
La honte & la rigueur d'un asseuré supplice,
Vous doit faire haïr l'amour du bien d'autruy.

POVR LES SOMPTVEVX.

Somptueux, ou mõdains, dont les grãdes dépẽſes
Les ſuperbes Maiſons, les beaux Ameublemens
La richeſſe & l'eſclat de diuers veſtemens,
Font voir voſtre folie & vos magnificences:
Ce nombre de valets, carroſſes & cheuaux,
Dont le pois bien ſouuent cauſe de grands trauaux,
Ne ſert qu'à vous troubler & couurir de pouſſiere,
Retranchez ce beau train qui n'a point de pareil,
Et ſongez qu'un linceul & qu'une ſombre biere,
Doit eſtre apres la mort voſtre grand apareil.

POVR LES COLERES.

Coleres emportez, qu'un ſeul regard outrage!
Qu'une parole irrite & met au deſeſpoir,
Des vaines paſſions le fidelle miroir,
Eſt bien repreſenté deſſus voſtre viſage;
Si tout ne reſpond point à vos ardens ſoûhaits,
D'un injuſte couroux on voit les prompts effets,
La menaſſe ou le coup ſuit voſtre humeur legere,
Quand vous offenſez Dieu! meſpriſant ſes vertus,
S'il n'auoit retenu ſon bras & ſa colere!
Il eſt dé-ja long-temps que vous ne ſeriez plus.

POVR LES INGRATS.

INgrats, méconnoiſſans, laſches trop inſenſibles,
Qui voulez qu'un bien-fait ſe trouue enſeuely,
Dans l'abiſme profond d'un eternel oubly,
Deſauoüant encor les faueurs plus viſibles,
Les ſeruices rendus, les ſeruices paſſés,
Par voſtre laſcheté paroiſſent effacés,
Et les aneantir eſt toute voſtre eſtude,
De tous vos bien-facteurs les noms ſont odieux;
Mais enfin apprenez que voſtre ingratitude,
Eſt le plus grand deffaut d'un homme genereux.

POVR LES CRVELS.

CRuels qui cheriſſez le ſang & le carnage!
Pour le malheur d'autruy vous eſtes ſans pitié,
Conſeruant ſeulement pour vous de l'amitié,
Vous negligez la peine & riez du naufrage,
Voſtre inſenſible cœur voit indifferemment,
L'un abyſmé dans l'eau, l'autre en l'embraſement,
Et vous n'en reſſentés aucuue inquietude!
Participez aux maux des mortels abbatus,
Et ſoyez aſſeurez que la manſuetude,
Eſgale iuſtement les plus grandes vertus.

POVR

POVR LES INCONSTANS.

INconstans plus legers que le vent & la plume,
Vous voulés tout ensemble, & vous ne voulés pas,
L'objet qui vous déplait à pour vous des apas,
Et vous changés cent fois, selon vostre coûtume ;
Aujourd'huy vous flatés & traités un amy,
Demain vous le voyez ainsi qu'un ennemy,
Vous n'aimés la vertu que pour un seul quart d'heure
Courez & persistez dans un meilleur chemin,
Afin de posseder l'immuable demeure ;
Il faut perseuerer au bien jusqu'à la fin.

POVR LES POLITIQVES.

POlitiques fameux qu'on met au rang des sages
Les guides & l'apuy des plus augustes Roys,
De qui les bons Conseils dans vos diuers émplois,
S'atirent leur puissance & vangent leurs outrages,
Vos seruices, vos soins conronnent vostre nom,
Et vous vous acquerez un immortel renom
En gagnant l'amitié d'un Monarque heroïque,
Ses Eloges sont deubs à vostre affection,
Mais prenez garde aussy que vostre Politique,
Ne l'emporte jamais sur la Religion.

D

POVR LES SCAVANS.

PHilosophes, Sçauans, Doctes, Intelligences,
Ecriuant ou lisant vous trauaillez tousiours,
Et passez bien souuent les nuits comme les iours,
A chercher les secrets des plus belles sciences,
Vous voyez les noaueaux & les anciens Autheurs,
Qui trouuent parmy nous des grands admirateurs,
Rien ne semble impossible à vostre estude extresme,
Sans en estre orguilleux! de grace pensez bien
Qu'il suffit de sçauoir se connoistre soy-mesme :
Et que le plus sçauant a dit qu'il ne sçait rien.

POVR LES IMPIES.

AThée Audacieux, detestables Impies!
Qui vous persuadés qu'il ne soit point de Dieu
Et pour un plus grand mal, le disant en tout lieu,
Authorisez le cours de vos mauuaises vies,
Iettez les yeux au Ciel, regardez son flambleau,
Considerez la terre, & le feu, l'air & l'eau,
Les Plantes, Animaux & l'homme raisonnable,
Si vous n'estes vaincus par cela sans la foy,
Impie : ah! ie crains bien qu'il ne soit veritable,
Que tu ne trouueras jamais de Dieu pour toy.

POVR TOVT LE MONDE.

PRinces, Iuges, Amans, Vindicatifs Auares,
Superbes, Feneants, Ioüeurs, Fourbes, Fureurs,
Envieux, Medifans, Gourmans, Ingrats, Voleurs,
Coleres, Inconftans, & cruels ou Barbares,
Politiques, Sçauans, impies, Sumptueux,
Abandonnés bien-toft vos deffaus dangereux,
Et penfez au bon-heur d'une vie éternelle,
Ioignez les gens de bien aux pieds de leurs Autels,
Et vous aurés enfin la couronne immortelle,
Qui fert de recompenfe aux fidelles Mortels.